KB095339

먼 훗날의 기억

장형주 시집

먼 훗날의 기억

몽글몽글 떠오르는 기억이 괴롭힐 때도 있지만
모락모락 피어오르는 기억이 빙그레 미소 짓게 만들 때도 있다.

좋은땅

-시인의 말-

세월이 만든 삶의 흔적

사랑과 이별
기쁨과 슬픔
그리움과 외로움

그 속에
더도 말고 덜도 말고
잔잔한 미소 하나 살포시 담아두자

먼 훗날 우리가 만날
아름다운 세상에 살았던
아련한 추억의 기억 한 조각

2023. 5.
봉황산 기슭에서
장 형 주

차 례

프롤로그 -시인의 말- • 4

제1부
마음이 흔들릴 때

1. 혼자 가는 길 • **14** | 2. 보듬는 슬픔 • **15** | 3. 아린 멍울 • **16** | 4. 혼자 우는 사랑 • **17** | 5. 낯달의 그리움 • **18** | 6. 네가 밉다 · 2 • **19** | 7. 혼자이기에 아름답다 • **20** | 8. 마음이 흔들릴 때 • **21** | 9. 아픔의 진실 • **22** | 10. 막다른 골목길 • **23** | 11. 사소한 이별 • **24** | 12. 미안하다 · 1 • **25** | 13. 세상사 웃어라 • **26** | 14. 슬픈 우울 • **27** | 15. 식어가는 사랑 • **28** | 16. 울지 마라 • **29** | 17. 시린 이별 • **30** | 18. 어울림의 민낯 • **31** | 19. 홀로서기 • **32**

제2부

그리움의 흔적

1. 내 곁에 있는 사람 • 34 | 2. 사소한 사랑 • 35 | 3. 꽃망울 · 1 • 36 | 4. 너의 그리움 • 37 | 5. 떠나지 않은 사람 • 38 | 6. 가는 겨울 • 39 | 7. 그리움에 발 담그다 • 40 | 8. 걱정이 걱정에게 • 41 | 9. 그리움의 흔적 • 42 | 10. 눈물의 뒤란 • 43 | 11. 하얀 두려움 • 44 | 12. 꽃망울 · 2 • 45 | 13. 내 마음 나도 몰라 • 46 | 14. 네가 밉다 · 3 • 47 | 15. 돌아오지 않는 사랑 • 48 | 16. 때 이른 단풍 • 49 | 17. 미안하다 · 2 • 50 | 18. 부치지 못한 안부 • 51 | 19. 사랑이 끝난 자리 • 52 | 20. 짝사랑 • 53 | 21. 함께 걷는 사람 • 54

제3부

빈 가슴에 사랑이 스민다

1. 고만큼 • **56** ┃ 2. 곁 • **57** ┃ 3. 벼랑 끝에 묻지 마라 • **58** ┃ 4. 낙과에게 • **59** ┃ 5. 가을의 사랑 • **60** ┃ 6. 부부란 • **61** ┃ 7. 너를 사랑하는 건 • **62** ┃ 8. 사람의 거리 • **63** ┃ 9. 내 마음의 당신 • **64** ┃ 10. 그냥저냥 • **65** ┃ 11. 빈 가슴에 사랑이 스민다 • **66** ┃ 12. 사랑의 주파수 • **67** ┃ 13. 들꽃처럼 • **68** ┃ 14. 당신에게, 난 • **69** ┃ 15. 문단속 · 2 • **70** ┃ 16. 사랑은 • **71** ┃ 17. 보듬어주는 것 • **72** ┃ 18. 원초적 사랑 • **73** ┃ 19. 사랑이란 • **74**

제4부

살아가면서

---

1. 그런 사람 옆에 있는가 · 2 • 76 | 2. 포기하지 마 • 77 | 3. 겉과 속 • 78 | 4. 사랑하는 그대에게 • 79 | 5. 너를 본 다 • 80 | 6. 아버지의 술잔 • 81 | 7. 살아가면서 • 82 | 8. 오 늘 • 83 | 9. 부부 · 4 • 84 | 10. 가지 않는 길 • 85 | 11. 질리 지 않는 사람 • 86 | 12. 벽 · 2 • 87 | 13. 세상이 아름다운 건 • 88 | 14. 심은 대로 • 89 | 15. 철들은 세상 • 90 | 16. 인 생 · 2 • 91 | 17. 거친 세상의 반전 • 92 | 18. 그 길 • 93 | 19. 공존 • 94

제5부
시간의 걸음걸이

1. 그리움이 머무는 곳 • 96 | 2. 어느 날 문득 · 3 • 97 | 3. 지치고 힘들 땐 • 98 | 4. 물어본다, 나에게 • 99 | 5. 쉬어 가도 괜찮아 • 100 | 6. 사랑하면 • 101 | 7. 세상이 날 버려도 • 102 | 8. 나를 사랑한 나 • 103 | 9. 지금, 그곳 • 104 | 10. 너무 애쓰지 마라 • 105 | 11. 네가 밉다 · 4 • 106 | 12. 느리게 걷는 길 • 107 | 13. 휘어진 세상 • 108 | 14. 불편한 진실 · 3 • 109 | 15. 부러짐과 휘어짐 • 110 | 16. 걸레 • 111 | 17. 시간의 걸음걸이 • 112 | 18. 힘들면 힘들다고 하지 • 113 | 19. 손이 덜 가는 사람 • 114

제6부

먼 훗날의 기억

---

1. 떠나는 사랑 · 2 • 116 | 2. 지우고 싶은 추억 • 117 | 3. 나에게 묻는다 · 1 • 118 | 4. 비처럼 떠난 사랑 • 119 | 5. 숨 쉬고 있다 • 120 | 6. 고향 • 121 | 7. 울어라 • 122 | 8. 먼 훗날의 기억 • 123 | 9. 흐르는 사랑 • 124 | 10. 잊지 마라 • 125 | 11. 사랑 떠난 이별 • 126 | 12. 얄미운 사람 • 127 | 13. 엉킨 사랑 • 128 | 14. 울 엄마의 부엌 • 129 | 15. 사랑이 시들면 • 130 | 16. 쉼 • 131 | 17. 밤바다 • 132 | 18. 겨울이 오는 길목 • 133 | 19. 그대에게 • 134

제7부

우리가 사는 이유

1. 지금, 여기 • 136 | 2. 나도 날 수 있다 • 137 | 3. 돌멩이 • 138 | 4. 강물에게 • 139 | 5. 나에게 묻는다 · 2 • 140 | 6. 무관심의 역설 • 141 | 7. 마음의 때 • 142 | 8. 시들어서야 • 143 | 9. 오늘은 • 144 | 10. 살다보면 · 3 • 145 | 11. 자리, 하나쯤은 • 146 | 12. 자존심 • 147 | 13. 행복의 느낌 • 148 | 14. 허구한 날 • 149 | 15. 우리가 사는 이유 • 150 | 16. 미련 • 151 | 17. 여유 • 152 | 18. 행복의 문 • 153 | 19. 공(空) • 154 | 20. 무엇인고 • 155

에필로그 -먼 훗날의 기억 한 조각- • 156

제1부

마음이 흔들릴 때

혼자 가는 길

쓸쓸함이 파도처럼
밀려오더라도
두려워하지 마라

두려움의 수렁에 빠져
외로움에 목매지 마라

외로워 애태우고
두려워 약해지면
마음만 탄다

세상은
혼자 태어나
홀로 가는 것이다

보듬는 슬픔

슬픔을 알려고 하지마라
헤집어 덧날지 모른다

오롯이
가슴에 남아있는 슬픔
삭이고 삭이다 보면
언젠가는 새살이 돋을 때가 온다

슬픔은 슬픈 대로
보듬어 안고 있게 하라

쓰다듬는 손끝
따스한 가슴에
포근히 잠잘 수 있게 하라

아린 멍울

옹이 하나 없는 나무 어디 있으랴
흠 하나 없는 이파리 어디 있으랴
생채기 하나 없는 사람 어디 있으랴
아픔은 삶을 따라다니는 것
삶엔 아픔이 있어 살맛이 난다는 걸

멍울 가진 사람이 다른 사람 멍울도 볼 수 있다
다른 사람의 멍울을 볼 수 있으면
내 멍울도 지울 수 있다

아프면 아프다고 말하렴
가슴의 멍울 삭이기 위해
네 속내 다 보여라

멍울이 많으면 많을수록
있는 그대로 말하려무나
입 밖으로 나오는 순간
멍울은 사그라진다

혼자 우는 사랑

사랑이 밀려오면
사랑에 흠뻑 젖지 못하고
슬금슬금 뒷걸음친다

사랑이 되돌아가면
사랑의 아쉬운 미련에
허겁지겁 뒤쫓아간다

사랑에 휩쓸릴 용기도
사랑에 묻어둘 그리움도
밀려오고 밀려가며
가슴에 지워지지 않는 흔적만 남긴다

붙잡지 못하고 이루지 못한
흘려보낸 사랑
오늘도 혼자서
파도처럼 울고 있다

낮달의 그리움

무엇이 그렇게 그리워
긴긴밤 마음 태웠으면 됐지
해가 발끈 뜬 대낮까지
애태우고 있느냐

그리움은 외로운 것
혼자라서 더 외로운 것

희미해지는 그리움을
기다리지 마라
어둠이 오기까지는
시간이 멀다

외로워 슬퍼하지 말고
그리워 아파하지 마라

네가 밉다 · 2

내 사랑의 심장이
네 가슴에 불 댕기는 줄 알면서도
온기를 느끼지 못하는
네가 밉다

내 사랑의 시선이
네 주위를 맴돌고 있는 줄 알면서도
못 본 척 딴전 피우는
네가 밉다

내 사랑의 노래가
네 귓가에 서성이는 줄 알면서도
못 들은 척 귀 막고 있는
네가 밉다

내 사랑은 지금
살얼음판 위 헛바퀴 도는 자동차처럼
애간장 녹고 있다

혼자이기에 아름답다

아무도 가져갈 수 없는 것
혼자서 가슴에 담고 간직해야 하는 것
아무도 어깨동무해주지 않는 것
혼자서 빈 의자에 앉아있는 것

세상에 외롭지 않은 것은
하나도 없다
이 세상 쓸쓸하지 않은 것은
하나도 없다

외로움과 쓸쓸함은
언제나 세상 한구석 웅크리고 있다

외로움이 쓸쓸함을 안고 오면
쓸쓸함 위에 작은 미소 하나
살포시 얹어주렴

우린 혼자이기에 아름답다

마음이 흔들릴 때

가지가 흔들릴 때
나무뿌리는
묵묵히 바람을 지고 있다

배가 흔들릴 때
닻은 출렁이는 물결을
단단히 붙들고 있다

수렁에 빠져
내가 허우적댈 때
내 마음 붙들어주었던
너

미안하다
네가 없는 그 자리
또
내 마음이 흔들린다

아픔의 진실

이별의 아픔은
지독히 사랑해 보아야 안다

사랑의 아픔은
가슴 찢는 이별을 해봐야 안다

실패의 아픔은
어려움 딛고 성공해봐야 안다

성공의 아픔은
가슴 태운 실패가 있어야 안다

아픔이 아프지 않게 하려면
아파보아야 안다

막다른 골목길

지치고 힘든 두려움이
이 골목 저 골목 헤매다 도착한
막다른 골목길

외롭고 고독한 슬픔이
이 고샅 저 고샅 헤집다 도착한
막다른 고샅길

지옥의 불구덩이 향해
내달리던 내 마음이
멈칫 멈추어 선 곳

쓰레기 더미 위
홀로 선 노란 민들레
활짝 웃고 있다

사소한 이별

찾을 땐 없고
찾지 않을 땐 서성이는 사랑

주변을 늘 맴돌다가도
필요할 땐 없는 사랑

몸엔 다가오던 손이
마음엔 손이 덜 오는 사랑

내가 찾을 땐 늘 바쁜 사랑
홀로이고 싶을 땐 성가신 사랑

늘 있어
없는 것 같은 사랑

그때를
조심해라

미안하다 · 1

왜 그러는지
나도 몰라

왜 그러는지
너도 몰라

내 마음속
네가 있다

네 마음속
기웃대는 내 마음

미안하다

세상사 웃어라

세상의 모든 꽃
웃음 안고 활짝 피고
울음 지고 쓸쓸히 진다

인간사 모든 것
웃음 안고 다가오고
울음 지고 떠난다

다가오고 필 땐
실컷 웃어라
떠나고 질 땐
실컷 울어라

웃음 뒤엔 울음이
울음 뒤엔 웃음이
다시 온단다

슬픈 우울

찌푸린 날씨처럼
마음에 구름이 밀려오면
가만히 눈을 감아보렴

돌덩이에 걸린 수레바퀴처럼
건너지 못하는 강이 가슴을 가로지르면
살며시 걸음을 멈추어보렴

우울이 슬퍼질 때
두 뺨으로 흘러내리는 하염없는 눈물
헛바닥에 얹어놓고 아픔을
조용히 음미해보렴

세상은 우울이 슬프게 사는 곳
문을 닫지 말고 열어두어라
자유의 날개를 달아주어라
세상 밖으로 나갈 수 있도록

식어가는 사랑

사랑이
식어가고 있다

사랑이 불타지 않고
불씨만 간직하고 있다

사랑이 솟구치지 않고
뒷걸음치고 있다

사랑이 생명력을 잃고
흐물흐물 사라지고 있다

사랑도 때론
부딪치고 다퉈야
에너지를 내뿜는다

울지 마라

울지 마라
떨어지는 눈물방울에
발등 깨질라

울지 마라
흐느끼는 울음소리
산새들 잠 깰라

울지 마라
찢어진 가슴
눈물로 덧난다

울지 마라
네 눈물 속
아픈 흔적 다시 운다

시린 이별

아파하지 마라 이별을
네 가슴앓이보다
떠난 사람 더 아플지 모른다

이별이 돌아선 길
다시 사랑이 걷고 있다
이별의 상처 위
새살은 돋는다

헤어짐은 만남의 시발점
상처가 아물기엔
시간이 필요하다

조용히 눈을 감고
시린 이별 춥지 않게
가슴으로 안아주렴

어울림의 민낯

혼자 있어 아파하지 마라
외롭다 슬퍼하지 마라

함께 있으면
주위 담을 수 없을 만큼
번민도 찾아온다

번민 속에 고민하고
고민 속에 다시 연민까지
혼자 있을 때보다 더
마음이 아플 때가 있다

외로움이
어울림의 민낯 속에
활짝 웃고 있다

홀로서기

시들어가는 꽃잎도
떨어지기 싫어 발버둥 친다

죽음의 길에
따라가는 친구는 하나도 없다

명예 있을 때
옆에 서성이던 사람도 순간이며
돈 있을 때
옆에서 웃어주던 사람도 순간이다
젊었을 때
죽자 살자 사랑했던 사람도 순간이며
세월이 흐르면 추억으로 사라진다

인생은 자기 등에 걸머지고
먼 여행길 혼자 떠나는 것이다

제2부

그리움의 흔적

내 곁에 있는 사람

떠나갔는데도
내 마음속
아직도 앉아있는 사람

다가왔는데도
내 마음속
아직도 앉을 자리가 없는 사람

곁에 있어도
보이지 않는 사람이 있고
곁에 없어도
보이는 사람이 있다

너는
내 마음에 아직도
앉아있는 사람이야

사소한 사랑

내 작은 마음이
그대 가슴에 꽂힐 때
그대는 아름다운 꽃이었습니다

그대의 작은 마음이
내 가슴에 스밀 때
나는 부푼 풍선이었습니다

작은 마음이
꽃이 되고 풍선이 될 줄은
예전엔 미처 몰랐습니다

꽃이 되고 풍선이 된 사랑
가슴에 그리움 담그고
지금도 활짝 웃고 있습니다

꽃망울 · 1

봄 햇살의 눈총에
속살 드러내고
터질 것같이 부푼
소녀의 젖무덤

수줍어 발그레한 얼굴
봄바람에 간지럼 타며
오금을 달싹달싹

터질까 말까
오므릴까 펼까
속살 보일까 말까
웃을까 말까

깊은 가슴속에 감추어두었던
순결한 사랑을
살며시 보이고 싶은
소녀의 젖무덤

너의 그리움

아까워 버릴 수 없고
버거워 간직할 수 없다

그냥
놔두고

그냥
보고만 싶다

그냥
너를

떠나지 않은 사람

마음 주고 떠난 사람
마음 찾으러 언제 올까

네가 없는 빈자리
외로움이 앉아있다

사랑 주고 떠난 사람
사랑 찾으러 언제 올까

네가 떠난 빈 가슴
그리움이 누워있다

떠났어도 가지 않고
아직도 곁에 서성이는 사람

그건
바로
너

가는 겨울

털모자 장수 깃 세운 목줄기 타고
봄기운이 스미고
새우잠 자는 새싹들
잠꼬대 소리 은은히 다가온다

긴 겨울잠 동굴 속 반달곰
선잠 깬 게슴츠레한 눈꺼풀 사이로
허기진 배 등짝에 붙은
꼬르륵꼬르륵 배고픔 소리
잔설 위에 떨어진다

인고의 기다림 속에서
매서운 세상을 향해
울분을 터뜨리고 싶은 꽃망울도
아직은 볼 시려서 수줍게 움츠리고 있다

가는 세월 추위가 붙들고
오는 세월 봄바람이 막는다

그리움에 발 담그다

너를 위해
시간을 비워둔다

너에 대한 그리움이
시간 속에 머물도록

두 손 모아
발을 담가본다
비워진 시간 속에

너에 대한 그리움이
사라지지 않도록

걱정이 걱정에게

늘 자식 걱정
놓지 못했던
어미 아비는 하늘나라 갔다

걱정 옆에서
늘 서성였던 아들딸은
지금도 잘 살고 있다

걱정이 걱정을 하는 것이
덧없음을
걱정이 걱정을 안 해도
잘 살고 있는 것을

걱정으로 살다
하늘나라 간
아비 어미는 알고 있을까

그리움의 흔적

그리움이 그리워
다시 올 때는
연민의 고개는
넘지 못하게 하자

그리움이 그리워
상처 안고 온다면
가슴에 빗장을 걸자

그리움의 흔적이
가슴에 깊어지면
그리움은 그리움이 아닌
아픔이 된다

그리움이
맑은 그리움이 될 때
우리 그리워하자

눈물의 뒤란

눈물 때문에
아픔은 사라지고

눈물 때문에
세월도 견디며

눈물 때문에
사랑도 익어간다

눈물 때문에
삶은 이어진다

하얀 두려움

너를 사랑했던
내 마음
들킬까 두렵다

너를 미워했던
내 마음
들킬까 두렵다

내보내지 못하고
감춰두었던
보고 싶다는 말
뛰어나갈까 두렵다

가슴에 꽁꽁 묶어둔
너에 대한 사랑
얼굴에 나타날까
정말 두렵다

꽃망울 · 2

어젯밤
밤이슬에 목욕하고

임 그리워 찾아온
봄 햇살
품속에 안으려고

살포시
고개 내밀어
속살 보인다

이건
너만 알고 있는
비밀

내 마음 나도 몰라

내가 가지고 있는
내 마음
나도 모르겠어

나 몰래
네 옆에 서성이는
내 마음

눈 뜨면
네 모습만 머리에 그득하고
눈 감으면
네 환상에 헤매는 내 마음

내 마음
너는
알고 있니

네가 밉다 · 3

내가 혼자 있고 싶을 땐
내 곁을 서성이고
내가 네 곁에 있고 싶을 땐
보이지 않는 사람

내가 바쁠 때 네가 외롭고
내가 외로울 땐 네가 바쁜 사람

내가 찾을 땐 네가 없고
네가 찾을 땐 내가 없는
우린 영원한 기찻길

마주 보면서도
함께할 수 없는
기막힌 인연

네가 밉다

돌아오지 않는 사랑

네가 준 사랑이
되돌아오지 않는다고
서운해하지 마라

사랑을 준 만큼
받으려는 건
상처를 만드는 일이다

사랑을 되돌려 받으려고
사랑하지 마라
돌아오지 않을 때
네 마음 아플지 모른다

사랑은
준 것으로
사랑스럽다

때 이른 단풍

노랗게 변한 이파리 몇 장
벌레 먹은 흔적이 세월을 당기며
때 이른 아픔으로 번져온다

때론, 우리들의 삶도
뜯기고 할퀸 자국
구멍으로 가슴에 남아
노랗게 멍들어
일찍 다가올 때가 있다

그땐, 제때에 단풍 드는
이파리 속 기다림의 여유를
멍든 가슴속에
그리움으로 담아주자

벌레 먹은 이파리도
희망은 있다

미안하다 · 2

오금 저린 마음
펼 수가 없다

내 마음속
너의 그리움

추억의 날개 타고
훨훨 날지 못하고

매듭진 주름으로
아직도 남아있다

미안하다
정말

부치지 못한 안부

밥은 잘 먹고 있는지
건강은 잘 챙기고 있는지
아픈 곳은 없는지
하는 일은 별고 없는지

웬일인지
오늘은
너에게

그냥
물어보고 싶다

아직도
내 마음속에
네가 있어

사랑이 끝난 자리

사랑이 끝난 자리
머무르지 마라
행복이 있었던 자리
미워질지 모른다

사랑으로 받은 상처
앙갚음하지 마라
네가 받은 상처 위에
또 하나의 상처가 생길지 모른다

사랑은 받은 만큼 행복한 것
그 자리에 그냥 놔둬라

사랑의 상처는 영광의 상처
빛바래지 않게
그 자리에 그냥 놔둬라

사랑도 변하는 것이다

짝사랑

너를 좋아하는 마음
전할 수 없어
밤새워 잠과 싸웠다

너를 사랑하는 마음
갖고 있느라
하루해가 지도록
번민과 싸웠다

말을 할까 다시 넣고
넣은 것 다시 꺼내
오늘도 너와 싸운다

너는
내 사랑 알고 있니

함께 걷는 사람

등산길 함께 걷는 사람
여행길 함께 걷는 사람
인생길 함께 걷는 사람

너무 가깝게는 걷지 마라
가까우면 불편해진다

너무 멀게는 걷지 마라
멀면 그리워진다

인생길 걷다 보면
가까이할 수 없는 사람도 있고
멀리할 수 없는 사람도 있다

제3부

빈
가
슴
에
사
랑
이
스
민
다

고만큼

웃음이 가벼워
날아가지 않을
고만큼

눈물이 무거워
떨어지지 않을
고만큼

걱정이 걱정을 안고
마음속에 가라앉지 않을
고만큼

우리
그렇게 사랑하자
고만큼만

곁

내게 사랑이 온다면
당신이었으면 좋겠습니다

내 마음에 빈 의자가 있다면
당신이 앉았으면 좋겠습니다

내 꿈속에 여행을 한다면
당신과 함께라면 좋겠습니다

내가 마지막 눈을 감을 때
당신이 옆에 있었으면 좋겠습니다

벼랑 끝에 묻지 마라

좋아한다는 말
벼랑 끝에 묻지 마라
한번 떨어지면
다시 주워올 수 없다

싫어한다는 말
벼랑 끝에 묻지 마라
한번 떨어지면 영영 싫어진다

사랑한다는 말
벼랑 끝에 묻지 마라
한번 떨어지면
다시 찾아올 수 없다

이별한다는 말
벼랑 끝에 묻지 마라
한번 떨어지면 영영 이별이다

낙과에게

떨어지고 싶어
떨어지는 것은 없다

떨어지는 것엔
모두가 사연이 있다
그 사연 묻지 마라

건드려서
아프지 않은 상처는 없다

아픈 상처 건드려서
덧나게 하지 마라

떨어지는 설움
깊어지는 아픔
가슴엔 모두가 멍울이 된다

가을의 사랑

임이 오는 소리
살랑살랑 가을바람에
업혀온다

임이 가는 소리
팔랑팔랑 떨어지는 낙엽에
업혀간다

옷깃에 스미어
살며시 오고

마음에 물들어
붉게 탄다

부부란

더울 때 더운 옷 입었는지
추울 때 추운 옷 입었는지
눈여겨보는 것이다

매일매일
같은 옷을 입고 다니는지
구멍 난 양말을 신고 다니는지
살펴보는 것이다

속상한 일은 없는지
고민하는 일은 없는지
가슴에 들어가보는 것이다

부부란
웃고 있는지
울고 있는지
서로가 서로를
알아내는 것이다

너를 사랑하는 건

바람도 없다
기대도 없다
이유도 없다

네가
내 옆에 있으면

내 마음이 웃는다
내 가슴이 뛴다

그냥
좋다

사람의 거리

가까이 있을 땐
뜨겁게
사랑할 수 있어 좋다

멀리 있을 땐
아련히
그리워할 수 있어 좋다

사랑할 수도
그리워할 수도 없는
어정쩡한 거리

조심해라
이별이 앉을 수 있다

내 마음의 당신

당신이 안아줄 때
활짝 장미꽃이 피었어요
당신이 등 돌릴 때
홀쩍 목련꽃이 떨어졌어요

장미꽃 필 때마다
아직도 당신은 내 마음에 피어있어요
목련꽃 질 때마다
아직도 내 눈물은 당신 가슴에
떨어지고 있어요

장미꽃 필 때마다
나는 어디 있나요
목련꽃 질 때마다
당신은 어디 있나요

그냥저냥

세월이
그냥저냥 흐른다고
사랑하는 마음마저
그냥저냥 버리지 마라

그냥저냥 세월 속에
내 사랑이 울고 있다

네 가슴에
내 사랑만이라도
그냥저냥 두지 말고
꼭 붙들어두렴

사랑의 꽃이
네 가슴에
활짝 필 때까지

빈 가슴에 사랑이 스민다

휘파람새 한눈팔 때
두견새 둥지 틀 듯

마음이 비어있을 때
사랑이 문틈으로
살며시 들어온다

외롭고 허전하다고
걱정하지 마라
가슴만 비워두면
사랑은 바람처럼 스며든다

사랑을 담으려면
잡동사니 꽉 차 있는
네 마음을
살짝 비워라

사랑의 주파수

내가
네 주파수에 맞추면
잡음이 없고

네가
내 주파수에 맞추면
노래가 절로 나온다

코드 맞춰
세상 살아가는 것이
일상이 된 지금

사랑도
가슴에 주파수 맞춰
꽂아라

들꽃처럼

하늘이 노랗고
땅이 하얄 때

소낙비 맞으며
들길을 걸어보라

후줄근한 옷깃 여미고
빗물로 눈을 씻어
주위를 둘러보라

빗물에 담긴 들꽃
무거운 고개 세우고
너를 보고 웃고 있다

당신에게, 난

함께 살아온 세월
붙었다 떨어졌다 하며 살아온 정
그 세월 그 정 속에
나는 당신의 무엇인가요

지지고 볶은 추억
켜켜이 쌓인 돌담 속
그곳의 난
당신의 무엇인가요

아직까지도
다르게 함께 사는
벽장 속의 난
당신의 무엇인가요

당신 속의 당신인
난
당신의 무엇인가요

문단속 · 2

사랑아!
함부로 나대지 않도록
문단속 잘해라

나대다 고삐 풀려
헤집고 다닐지 모른다

이별아!
함부로 나가지 않도록
문단속 잘해라

나가서 머리 깨져
병원 갈지 모른다

사랑은

죽고 싶다가
살고 싶은 거

살고 싶다가
죽고 싶은 거

삶과 죽음도
맥 못 추는 거

둘이 먹다
둘이 죽어도 모르는 거

보듬어주는 것

아픔을 안아주는 것
슬픔을 안아주는 것
세상을 보듬어주는 것이
꽃보다 더 예쁘다

활짝 핀 꽃 속에도
아픔은 있다
아픔을 딛고 꽃봉오리는
세상에 일어선다

슬픔 속 눈물에도 미소가 들어있다
공감으로 채워주고 정으로 다가가면
잔잔한 웃음이 살포시 핀다

안아주는 것
보듬어주는 것
아픔을 꽃피게 한다

원초적 사랑

사랑이 메말라
착유기 힘으로도 부족할 때
젖병 속에 넣은 엄마의 눈물

조금만 더 조금만 더
많이 먹고
쑥쑥 쑥쑥
자라길 바라는 어미의 마음

젖무덤도
착유기도 힘이 부쳐
숨이 막힌다

모자란 사랑
넘치는 사랑
애간장 녹는 어미 마음에
모두 쓸어 담는다

사랑이란

더울 땐
추운 옷 입히고

추울 땐
더운 옷 입히는 것

제4부

살아가면서

그런 사람 옆에 있는가 · 2

넘어질 뻔했을 때
흔들릴 뻔했을 때
울음 터뜨릴 뻔했을 때

붙잡아주고
안아주고
보듬어주는 그런 사람
옆에 두고 있는가

불안에 떨고 있을 때
두려움에 몸 둘 바를 모를 때
아픈 상처 덧나고 있을 때

감싸주고
감추어주고
치유해주는 그런 사람
옆에 두고 있는가

포기하지 마

어릴 적 일어서다 넘어지고
넘어지면 다시 일어나고
넘어지면서도 포기하지 않아
설 수 있었단다

크면서 가슴이 찢어지게
아픔이 밀려와도
멍울이 지다 없어지고
없어지다 다시 지고
포기하지 않고 지울 수 있어
웃을 수 있었단다

이젠 너에게 어떤 역경이 닥쳐와도
다시 설 수 있어 다시 웃을 수 있어

포기하지 마
너는
너니까

겉과 속

겉을 보면
속도 안다

속을 보면
사람을 안다

겉과 속이
하나인 사람

겉과 속이
따로인 사람

나는
너는

사랑하는 그대에게

꽃이 진다고 서러워 마라
꽃이 지기 전 활짝 피었음을
세상 사람들은 다 알고 있다

활짝 핀 것이 지는 것은
하늘의 이치
슬퍼 마라 아파 마라
우리도 한땐 청춘이었다

지는 꽃 가엾다고
눈물 흘리지 마라
너 또한 그런 것

인생이란
젊음은 가고 늙음만 남는 것
우리도 한땐 활짝 핀 꽃이었다

너를 본다

해거름 노을녘에
너를 본다

인생길
아등바등 걸어온 너

다리는 엉거주춤
몸은 꾸부정하고
눈빛은 흐릿하다

초점 없이 바라보는
찬란한 황혼 빛

지금
네 가슴에 안고 있는 것
노을이 본다

아버지의 술잔

아버지의 술잔에 무엇이 담겼기에
얼굴이 저렇게
붉으락푸르락 변하는 걸까

아버지의 술잔에 무엇이 담겼기에
콧구멍 속으로 저렇게
한숨만 들락날락하는 걸까

아버지의 술잔에 무엇이 담겼기에
입 밖으로 저렇게
한 맺힌 울부짖음이 들고나는 걸까

아버지의 술잔에 무엇이 담겼기에
아버지의 심장은 저렇게
숯검정이 되는 걸까

살아가면서

살아가면서 가슴이 찡하게 울려오는
사랑 한 번 못 해본 사람이라면

산비둘기 구구절절 사랑놀음하는
산으로 가라

살아가면서 눈물이 펑펑 쏟아지는
이별 한 번 못 해본 사람이라면

홀로 선 등대 위 짝 잃은 갈매기가 앉아있는
바다로 가라

살아가면서 하늘이 무너지는
환호성 한 번 못 지른 사람이라면

모래바람과 힘겨루기 하며
입에 거품 문 낙타가 있는
사막으로 가라

오늘

내가 오늘
내 등에 짊어진 짐 얼마인가

내가 오늘
다른 사람 등에 지운 짐 얼마인가

내가 오늘
짊어진 짐 내린 것 얼마인가

내가 오늘
지운 짐 덜어준 것 얼마인가

가벼운 오늘
참
잘 살았다

부부 · 4

나는 나
너는 너

나는 네가 아니고
너는 내가 아니다

너는 너
나는 나

우린
왜

세상이 다 알고 있는
그걸 모를까

가지 않는 길

한 사람도 가지 못하면
정글
한 사람이 걸어가면
숲
또 한 사람이 걸어가면
길

우리가 가지 못한 길
온갖 보물 가득한
천국이 있다

허깨비 쫓아
헤매지 말고

아무도 가지 않는 길
네가 가라

질리지 않는 사람

화려한 꽃이 아름답다고
세상 사람들은 입에 담지만
소박한 들꽃이
눈과 마음에 머문다

화려하게 꾸미지 않아도
품위가 묻어나고
억지로 다듬지 않아도
주위를 밝게 하는
사람이 있다

남의 눈길 붙잡지 않고
제멋에 겨워 피어있는
들꽃처럼

세상엔
소박하고 자연스런
사람이 있다

벽 · 2

벽을 만드는 사람
벽을 허무는 사람

벽 속에 갇혀있던
금은보화
벽 허물어 빛이 난다

벽을 넘는 사람
벽 앞에 주저앉는 사람

벽 밖의 넓은 세상
벽을 넘어 볼 수 있다

세상이 아름다운 건

산과 들에
흐드러지게 핀 꽃
아름답다

어두운 밤이 오면
아름다운 꽃들도
캄캄해진다

아침이 밝아오면
아름다운 자태가
서서히 빛을 발한다

아름다움도
빛이 있어야 나타난다

세상이 아름다운 건
보이지 않는 곳에서 땀 흘리는
빛이 되는 사람들 때문이다

심은 대로

잡초 밭에
곡식을 심었더니
옥토가 되고

마음 밭에
선한 생각 심었더니
평화가 온다

콩 심은 데
팥 안 나고

팥 심은 데
콩 안 난다

철들은 세상

어릴 적 착하고 말 잘 듣는 아이
철들었다는 말 칭찬 같았지만

철이 일찍 들면
그만큼 세월이 앞서간다는 걸 왜 몰랐을까

마음을 마음대로 못 하고
자신을 숨기고 어른 세상에 맞춘다는 것이
별것 아님을 세월이 지난 후 알 수 있었다

철이 드는 것보다
철부지가 되어 세월을 늘리는 것이
오히려 잘 산다는 걸

철이 일찍 들어 어른아이가 되는 것보다
철부지처럼 세월을 떠밀며 사는 것이
더 행복한 삶이란 걸
요즘 같은 세상에

인생 · 2

가슴을 뒤적여
아무리 찾아도
찾을 수 없는 말

머리를 뒤적여
아무리 생각해도
알 수 없는 말

손으로 뒤적여
아무리 보아도
보이지 않는 말

그것이
인생이다

거친 세상의 반전

미끈한 세상이
다 좋은 건 아니다
매끄런 얼음판 미끄러진다

거친 세상이
다 나쁜 건 아니다
울퉁불퉁 시골길 세상 보며 걷는다

보기 좋은 음식이 맛도 좋다고 하지만
맞대고 엉키어 사는 세상
마찰도 갈등도 있어야 감칠맛이 난다

울퉁불퉁 모난 돌멩이
돌담에서 부비고 산다

우리들의 삶엔
행복한 거친 길도 있다

그 길

아버지가 돌부리에 넘어지고
어머니가 자갈에 미끄러진
그 길
내가
지금 걷고 있다

아버지의 한숨이 나뒹굴던
길바닥
내 발걸음도 거친 숨 몰아쉰다

어머니의 땀방울이 떨어진
길섶
내 눈물방울 이슬 맺힌다

아버지 어머니가
걸었던 그 길
내가
지금 걷고 있다

공존

색이 예쁘다
빛이 아름답다

산과 들에 핀 꽃이 예쁘다
별빛이 아름답다

빨강 노랑 옷 입은
단풍이 예쁘다
일곱 빛깔 보듬어 안은
무지개가 아름답다

빛이 있어 색이 예쁘고
색이 있어 빛이 아름답다

제5부

시간의 걸음걸이

그리움이 머무는 곳

없애도, 없애도
그냥 그 자리

지워도, 지워도
그냥 그곳

너를 향한 내 사랑
머무는 자리

내 마음 한구석
텅 빈 그곳

어느 날 문득 · 3

내가 만든 세월
흘러간 시냇물처럼 까맣게 잊을 때가 있다
어느 날 문득

내가 준 사랑
흐린 개꿈처럼 까맣게 잊을 때가 있다
어느 날 문득

내게 온 슬픔
흘린 눈물 어디로 갔는지 까맣게 잊을 때가 있다
어느 날 문득

내게 온 기쁨
세상 향해 울렸던 환호성 까맣게 잊을 때가 있다
어느 날 문득

어느 날 문득
내가 지구에 앉아있는지 까맣게 잊을 때가 있다

지치고 힘들 땐

살면서
지침이 힘듦을 몰고 올 땐
어릴 적 배냇짓 웃음 속으로 가라

살면서
아픔이 아픔을 안고 올 땐
엄마의 따스한 젖가슴 속으로 가라

살면서
울다 울다 더 울 기력조차 없을 땐
아버지의 듬직한 어깨 속으로 가라

그곳이 지친 마음 쉴 곳이다
그곳이 아픔이 앉을 곳이다
그곳이 울음이 멈출 곳이다

물어본다, 나에게

나는
엄동설한 몰아치는
칼바람 막아주는 담벼락으로
한번 서있어 보았는가

나는
오들오들 떨고 있는 가난한 아이
마음 덮어주는
따스한 옷 한 벌 입혀보았는가

나는
외롭고 슬픈 고독에 떨고 있는 사람
포근한 가슴으로 한번 안아주었는가

나는
다른 사람의 가슴에
따스한 난로 하나 넣어준 기억
가지고 있는가

쉬어 가도 괜찮아

뒤지고 처지고
조금 늦으면 늦은 대로 걸어가렴

세상의 시곗바늘이 쉼 없이 돌아간다고
너 또한 시곗바늘이 되진 말아라

토끼가 쉬어 가다
거북이한테 진 달리기도 있지만

가끔은 뒤처져 앞서가는 사람
뒷모습 바라볼 여유를 가져라

사랑하면

사랑하면
짐이 무거워질까
짐이 가벼워질까

사랑하면
마음이 편안할까
마음이 불편할까

사랑하면
웃음이 필까
웃음이 사라질까

사랑이 짐도 된다
사랑이 아픔도 된다

세상이 날 버려도

하늘이 무너져도
난 솟아날 구멍
만들 수 있어

땅이 꺼져도
난 솟구칠 언덕
만들 수 있어

세상이 날 버린다고
나도 널 버릴 수 있어

난
타고났어
행복하게 살 권리를

나를 사랑한 나

들판에 핀 꽃
이유 없이 핀 꽃 하나도 없다

우리가 세상에 나온 것
모두가 이유가 있다

나는 나로서 소중하고
나는 나로서 사랑받을 존재다

내가 나를 사랑한다는 것
들판의 꽃들이 제멋에 겨워
뽐내고 있는 것처럼
나도 내 멋에 겨워 활짝
웃고 있다

꽃처럼 아름답고 사랑받을 사람
바로
나다

지금, 그곳

네가 서 있는 그곳
지금, 먼 산을 바라보라
푸른 솔 아직도 청정하다

네가 앉아있는 그곳
지금, 들판을 보라
온갖 꽃들이 활짝 웃고 있다

네가 걷고 있는 그곳
지금, 풀숲을 보라
작은 미물들이 땀 흘리고 있다

네가 멈춰있는 그곳
지금, 네 마음을 들춰보라
행복이 기다리고 있다

너무 애쓰지 마라

무거운 짐 지고 가기도 어려운데
가슴까지 새까맣게 애쓰진 마라

등에 진 짐 아무리 무거워도
네가 가는 길 조금 더딜 뿐이다
목표만 살아있다면
조금씩 조금씩 앞으로 간다

네 가슴에 멍울이 지고 또 지고
더 질 것이 있어도
가슴의 숨통은 그대로 있다
그 숨통이 끊어지지 않는 한
너는 숨 쉴 수 있다

진 짐이 무겁다고
가슴까진 태우지 말아라
숨만 쉬면 살아간다
삶은 무거운 것이다

네가 밉다 · 4

힘들면 힘들다고
아프면 아프다고
내색을 하지

말도 없이 혼자서
끙끙 앓고 있는
네가 밉다

네가 힘들 땐
나도 힘들고 싶고
네가 아플 땐
나도 아프고 싶다

힘들 땐 힘들다고
아플 땐 아프다고
말 좀 하지

느리게 걷는 길

괜찮아
네가 넘어진다고
희망까지 넘어진 건 아니다

괜찮아
네가 뒤를 향해 걷는다고
목표까지 뒷걸음친 건 아니다

괜찮아
네가 앞으로 달리는 것이 더디다고
바람이 늦게 이루어지는 건 아니다

괜찮아
네가 넘어진 길
네가 돌아가는 길
네가 걷는 늦은 길
그 길엔 아름다운 풍경이
너를 보고 있단다

휘어진 세상

번듯한 집 지을 때
휘어진 못
버려지고 있다

없던 시절
휘어진 못 바로잡아 썼는데
있는 세상
휘어진 못 쓸모가 없다

가냘프고 약해서 휘어진 것
반듯하게 고쳐 쓰는 것이
세상의 이치인데

세상의 실수로 휘어진 것
힘없어서 휘어진 것
버려지고 있다

불편한 진실 · 3

자유 있고 평등 있을까
평등 있고 자유 있을까

부러짐과 휘어짐

폭설이 온 대지를 뒤덮은
숨소리조차 들리지 않는
적막하고 외로운 산

산을 진 낙락장송
그늘이 넓고 단단한 가지
눈을 이기지 못해
부러져 있다

힘없고 볼품없는 화살나무
흔들흔들 연약한 나뭇가지
쌓인 눈이 휘어져 흘러내리고 있다

부러지는 것과 휘어지는 것
부드러운 것이 강한 것보다
좋을 때가 있다

걸레

나는 걸레다
보잘것없는 걸레다

이리 차이고 저리 차이며
이리 나뒹굴고 저리 짓밟히는
볼품없는 걸레다

아파도 아프다는 말 한 마디 못 하고
화나도 화 한 번 내뱉지 못하는
힘 빠진 걸레다

그러나
내가 지나간 길
세상은 깨끗해졌다

시간의 걸음걸이

인생길
빨리 걷는 게 좋은 걸까
천천히 걷는 게 좋은 걸까

빨리 걷다
돌부리에 걸려 넘어지고
천천히 걷다
몰려오는 소낙비에 옷 젖는다

미래는 파도처럼 밀려오고
현재는 번개처럼 날아가고
과거는 굼벵이처럼 뭉기적댄다

인생길
우린 어떻게 걸어야 할까

힘들면 힘들다고 하지

네 마음의 아픔이
그렇게 외로이
흔들거리고 있는 줄
미처 알지 못했단다

네 가슴의 멍울이
그렇게 깊이
박혀있는 줄
미처 알지 못했단다

네 마음의 상처가
그렇게 더디게 아물 줄
미처 알지 못했단다

미안하다
미처 네 마음
보지 못한 내가

손이 덜 가는 사람

거들어주지 않아도
스스로 일어서는 사람

같이 눈물 흘리지 않아도
알아서 눈물을 닦을 줄 아는 사람

함께 웃어주지 못해도
늘 웃는 사람

제때 피는 꽃처럼
스스로 세상을 피우는 사람

제6부

먼 훗날의 기억

떠나는 사랑 · 2

한때
사랑했던 사람이 미워질 때가 있다
마음의 상처에 미움까지 더해지면
등짝엔 무거운 짐만 지워질 뿐이다

한때
사랑했던 사람이 떠날 때가 있다
그땐
그냥 사랑했던 채로 내버려두렴
미움의 싹이 돋지 않도록

한때
사랑했던 사람이 떠난다고 미워하지 마라
한때일망정 네 사랑이 머물렀던 추억에
상처는 주지 마라

그 상처가
짐이 될지 모른다

지우고 싶은 추억

다시는
다시는
마주치기 싫었던 너

그래도
그래도
다시 떠오르는 너

지워도
지워도
지워지지 않는 너

너도
추억이다

나에게 묻는다 · 1

내가 준 아픔을 안고 사는 이는
얼마나 될까

내가 준 사랑을 안고 사는 이는
얼마나 될까

내가 준 상처를 안고 사는 이는
얼마나 될까

내가 준 위로를 안고 사는 이는
얼마나 될까

내가 준 싸늘한 추위와
내가 준 따뜻한 햇볕을
안고 사는 이는 얼마나 될까

비처럼 떠난 사랑

비가 온다
온다고 예약도 없이
비가 내린다

사랑이 간다
간다고 기별도 없이
사랑이 간다

비가 오면
빗방울에 젖는 가슴
우산으로 가리면 되지만

사랑이 가면
내 가슴에 내리는 비
무엇으로 가릴까

숨 쉬고 있다

누군가를 좋아했기에
기다리며 웃을 수 있었던 시절

누군가를 사랑했기에
밤을 지새울 수 있었던 시절

그때의
따스함과 순수함이
가슴에 남아있다면

그때의
가슴 뛰는 추억 한 장
간직하고 있다면

우리가 숨 쉬고 있다는 증거다
우리가 아직 살아있다는 증거다

고향

콩나물시루에서
청정수 먹고 자란 콩나물처럼
온 동네의 온기로 나고 자란 곳

지금도
하늘나라 간 어머니 냄새가 살아있고
다리 부러진 아버지 지게가 숨 쉬는 곳

내 영혼이 편히 쉴 수 있는 곳
흐려진 사랑을 주울 수 있는 곳
언제나 따뜻함이 옷깃에 머무는 곳

아직도
친구들의 재잘거림이 튀어나오는 곳
외로울 때 양팔 벌려 반겨주는 곳
머물러도 머물러도 마음 편한 곳
언제나 그 자리에 앉아있는 곳

울어라

산타할아버지도
선물을 안 준다는
울면 안 돼

울음이 속에서 타는데
그 울음 참느라
내 속은 숯검정 된다

울고 싶을 때
울지 않으면
재가 된 울음이
가슴에 얹혀 체할지도 모른다

토해내라
네 울음을
선물보다 속 시원함이 먼저다

먼 훗날의 기억

흘러간 세월 속 함께한 시간
우린 무엇을 했고
우린 무엇을 기억할까

세월에 묻어둔 삶의 흔적들
먼 훗날 무엇으로 남아있을까

지금 쌓고 있는 추억의 돌담
그때, 우리
웃을 수 있는 기억 한 조각
지금 만들고 있는가
그때, 우리
주워 담을 수 있는 행복 한 조각
지금 쌓고 있는가

인생의 여행길 마지막 날
우린 행복했었지 그 말 한 마디
먼 훗날의 기억 한 조각

흐르는 사랑

곁에 늘 있어도
내 마음에
앉지 못하는 사랑

곁을 떠났어도
내 마음에 아직도
서성이는 사랑

오는 사랑 막지 말고
가는 사랑 붙잡지 마라

물 흐르듯
세월이 가듯
사랑도 흐르게 하라

잊지 마라

사랑했던 기억 잊지 마라
네 가슴 한구석
지워도 흔적은 남아있다

눈물 흘렸던 기억 잊지 마라
그 눈물 한 바가지
지금도 네 몸 닦는
청정수 되어 흐르고 있다

하늘 향한 너의 절규 잊지 마라
그때 갈라진 하늘 밑으로
별빛 쏟아지고 있다

사랑 때문에 아픈 상처 아문다
눈물 때문에 웃음이 태어난다
절규 때문에 삶이 용트림한다

사랑 떠난 이별

사랑 그게 뭐
내 마음대로 할 수 있는 건가요
이별 그게 뭐
내 마음대로 되는 건가요

스스로 왔다가 스스로 떠나는 것
붙잡는다고 가지 않고
막는다고 오지 않나요

마음속 헤집어
눈 씻고 들여다봐도 알 수 없는 것

생겨나고 없어지는 것은
그대들의 마음

웃지 마라 울지 마라
사랑과 이별은 그곳에
그냥 있을 뿐이다

얄미운 사람

네 사랑
내 가슴에 담아두기
버겁다

내 가슴속
네 사랑 가져가다오

가는 사랑
얼굴 붉어지지 않도록

네 가슴속
내 사랑도 되돌려다오

엉킨 사랑

마음이 생각으로 엉켜있다
풀려고 애를 써도 더 엉키는
너에 대한 사랑
마음속에 발버둥 친다

너를 향한 내 사랑
꼼짝달싹 못 하고
엉킨 마음속에
그리움으로 잠 못 이루고 있다

한 가닥 한 가닥
사랑의 실마리로
네 마음의 빗장을 열고 싶다

그리움에 발목 잡힌 내 사랑
이젠
엉킨 매듭 벗어나고 싶다

울 엄마의 부엌

많은 식구 적은 식량
시래기로 채운 가마솥의 죽

나무도 가난 들어 불붙지 않을 때
힘없는 목구멍으로 한을 후후 불며
매캐한 연기 속 문드러진 가슴에
뚝뚝 떨어졌던 울 엄마 눈물방울

시집살이 매서워서 울고
배고픈 설움 목메어서 울고
내 자식 안쓰러움으로
애간장 녹였던 그 눈물

부엌 한쪽 살강
사발 대접 속에는
아직도 서러워 서성이고 있다

사랑이 시들면

가슴에 타오르는 불꽃
입가에 흐르던 웃음이
꽃잎 지듯 사그라지면
사랑이 시드는 것이다

사랑이 시들면
물기 하나 없이
마르게 하라

물기가 어른거려 가슴에 썩으면
사랑의 흔적조차 찾지 못한다

사랑했던 추억 한 조각
사랑이 서글퍼 울지 않도록
마른 꽃이 되게 하라

쉼

빨리만 걷다 보면
다리 아파
멀리 못 가서 발병 난다

급하게 걷다 보면
마음 아파
연기 나지 않고 타게 된다

지치지 않게 천천히
어렵지 않게 쉬면서

그곳엔
기다림의 설렘이 있다
느슨한 즐거움이 있다

그래야
마음에 평화가 온다

밤바다

술이 취한 사랑을
등에 업고 간다

칠흑 같은 바다
항구의 막다른 절벽
바람을 눕히고 마음을 녹인다

가녀린 가슴에
이기지 못하는 세상을 안고
쓰러지는 밤바다

네가
내게
속으로 스며드는
따스한 사랑을 준다

겨울이 오는 길목

가을이 낙엽 밟고 지나간 자리
겨울이 귓바퀴 스치는 찬바람 타고 온다

울 엄마 토끼털 귀마개 꿰매는
실밥 타고 오고
울 아버지 부러진 썰매다리 고치는
망치 소리 따라온다

아궁이 군불 속
고구마 익는 냄새 타고 오고
안방 아랫목 이불 속에 넣어둔
따스한 밥사발의 온기로 온다

쌔앵쌔앵
찬바람 소리 안고 온다
따끈따끈
엄마 아빠 품속으로 스미어 온다

그대에게

네 가슴에 안긴 꽃
향기에만 취하지 말고

꽃 속에 담아놓은
내 마음도 알아주렴

제7부

우리가 사는 이유

지금, 여기

달려왔다
달려와 보니
네가 오고 싶었던 곳
여기인가

지나간 세월
짊어진 집착과 애착
너무 무거워
등 휜다

오지 않은 세월
고민과 연민까지
마음에 담아놓아
가슴은 터진다

넌
지금, 여기
행복한가

나도 날 수 있다

애벌레는 기어다닌다
나비는 날아다닌다

기어다니는 것과
나는 것은 세월 한 줌 사이

애벌레가 환골탈태하여
나비가 된다

기어다니는 것도
날 수 있다

돌멩이

아무리 굴려봐라
구르고 굴러서
조약돌밖에 더 되겠느냐

아무리 깨뜨려봐라
깨지고 깨져서
모래알밖에 더 되겠느냐

아무리 뭉개봐라
뭉개지고 뭉개져서
흙밖에 더 되겠느냐

모진 역경 다 견디고
죽지 않고 살아있는
나는 돌멩이

강물에게

도도하지 마라
너도 지난날
골짜기 물이었다

우쭐대지 마라
너도 한땐
외로이 떨어지는
빗방울이었다

잊지 마라
자빠지고 부딪치어
싸맨 상처를

기억하라
숨기고 싶은
어릴 적 마음의 고향을

나에게 묻는다 · 2

나는 한 점 부끄럼 없이
다른 사람을
나처럼 사랑할 수 있는가

나는 한 점 부끄럼 없이
다른 사람에게
나를 대하듯 다정할 수 있는가

나는 한 점 부끄럼 없이
다른 사람에게
내게 말하듯 용기를 넣어줄 수 있는가

나는 한 점 부끄럼 없이
내가 나에게
다른 사람의 걱정을 물어보았는가

무관심의 역설

관심이 지겨울 때가 있다
무관심이 편안할 때가 있다

부모의 관심이 사이를 멀게 할 때가 있다
연인의 관심이 거리를 멀게 할 때가 있다

친구의 관심이 고통이 될 때가 있다
부부의 관심이 싸움이 될 때가 있다

관심이 무관심보다 못할 때가
더러 있다

마음의 때

탐하고 성내고
어리석음의 때

몸의 때를 벗기듯
마음의 때도 벗겨라

어루만져주고
감싸주고
보살펴주고
이끌어주는
포근한 마음으로 닦아라

씻긴 마음
빈 곳으로
환한 미소 들어온다

시들어서야

시들어서야 안다
생명줄 이어준
빗물의 고마움을

시들어서야 안다
아름다운 꽃 피게 한
거름흙의 고마움을

시들어서야 안다
열매를 여물게 한
햇볕의 고마움을

시들어서야 안다
지나간 세월이
축복이었음을

오늘은

오늘은
네가 가장 축복받은 날이다
오늘이 있어 네가 있고
네가 있어 오늘이 있다

오늘은
하늘이 내린 축복받은 날
오늘을 오늘답게 살아라
오늘이 내일이면 또 오늘이 된다

축복받은 오늘은
세월 따라 이어진다
오늘을 기쁜 마음으로 받아들이고
오늘을 즐겁게 살면 내일도 즐겁다

네가 있는 오늘
오늘이 축복받은 날이다

살다보면 · 3

버릴 것은
가득 갖고 있고

가질 것은
듬뿍 버리고 있다

자리, 하나쯤은

미움으로 가득 찬
세상 한구석

사랑이 앉을
자리 하나, 비워두자

외로움이 밀려오는
마음 한구석

그리움이 앉을
자리 하나, 남겨두자

자존심

속에 넣어두면
불편한 것

밖으로 내보내면
시원한 것

버리면 편하고
행복한 것

가지고 있는 이유
뭘까

행복의 느낌

삶이 무거우면
행복이 가볍고

행복이 무거우면
삶이 가볍다

허구한 날

누군 허구한 날 벽을 쌓고
누군 허구한 날 벽을 허문다

누군 허구한 날 웃음을 짓고
누군 허구한 날 울음을 짓는다

누군 허구한 날 행복을 심고
누군 허구한 날 불행을 심는다

누군 허구한 날 살아있음에 감사하고
누군 허구한 날 살아있음에 가슴 태운다

우리가 사는 이유

웃음을
내가 웃고 네가 웃으면
세상은 밝아진다

포옹을
내가 안고 네가 안으면
세상은 따뜻해진다

사랑을
내가 주고 네가 주면
세상은 포근해진다

욕심을
내가 버리고 네가 버리면
세상은 편안해진다

미련

내 마음 한구석
그곳
지우개도 지울 수 없는
멍울 하나

네가 앉았던 자리
그곳
아직도 남아있는
너의 온기

버릴 수도
안을 수도 없는
뜨거운 그리움

가져가다오
흔적이 남지 않게

여유

긴 시간 속의 짧은 만남
가슴에 담는다

짧은 시간 속의 긴 만남
마음에 담는다

행복의 문

문을 닫고
밖을 볼 수 없다

마음을 닫고
사람을 볼 수 없다

문 열고
아름다운 풍경을 보라

마음 열고
사람 사는 세상을 보라

열면 보인다
행복이 모두 네 것이다

공(空)

세상에 내 것은 하나도 없다
쓰잘머리 없는 것에 목매여 산다
애태우고 가슴 졸이며
머리 터지는 허망한 것들
등에 지고 무거워 땀 흘리고 있다

하늘을 나는 풍선은
둥둥 가슴이 부풀어 있다
숲속의 산새 걱정은 버리고
조잘조잘 노래 부르고 있다

마음만 내려놓으면 가슴만 비우면
행복은 제 발로 걸어온다

물속을 헤엄치는 물고기처럼
자유롭게 여행할 수 있다
옷 속에 스며드는 봄바람처럼
막힘없는 삶을 살 수 있다

무엇인고

마음 가득 찬 것
꺼내보니
탐욕만 그득하네

탐욕 속 헤집어보니
일그러진 내 얼굴 나타나네

냅다 던져
빈 가슴 만들어보니
웃는 얼굴 나타나네

버리면 맑은 것을
못 버리는 이유는
무엇인고

-먼 훗날의 기억 한 조각-

우리가 살아가면서
잊히지 않고 누군가의 기억 속에 남아있다면
생각만 해도 마음이 포근하고 따스해진다.

흩어진 기억 속
몽글몽글 떠오르는 기억이 괴롭힐 때도 있지만
모락모락 피어오르는 기억이
빙그레 미소 짓게 만들 때도 있다.

세월이 만들어놓은 삶의 흔적들
사랑과 이별, 그리움과 외로움, 기쁨과 슬픔,
행복과 불행, 바쁨과 쉼 등……

먼 훗날
우린 어떤 모습일까?
찡그린 얼굴일까? 미소 띤 얼굴일까?
슬픈 노래일까? 행복한 노래일까?

그때
세상에 내보낸 내 시 속에 살아 숨 쉬고 있는
삶의 희로애락
눈물 한 방울, 기쁨 한 주먹, 웃음 한 보따리
사랑 한 아름, 이별 한 움큼
내 마음의 망원경으로
먼 훗날의 기억을 살펴보고 반추해본다.

사랑을 되돌려 받으려고 사랑하지 마라.
돌아오지 않을 때 네 마음 아플지 모른다.
사랑은 준 것으로 사랑스럽다.
오는 사랑 막지 말고 가는 사랑 붙잡지 마라.
물 흐르듯 세월이 가듯 사랑도 흐르게 하라.
사랑 때문에 아픈 상처도 아문다.

이별 때문에 사랑도 다시 태어난다.
이별의 아픔 때문에 삶은 용트림한다.
조용히 눈을 감고 시린 이별 춥지 않게
가슴으로 안아주자.
웃지 마라! 울지 마라!
사랑과 이별은 그곳에 그냥 있을 뿐이다.

그리움이 그리워 다시 올 때는
연민의 고개는 넘지 못하게 하자.
그리움이 그리워 상처 안고 온다면
가슴에 빗장을 걸자.
그리움의 흔적이 가슴에 깊어지면
그리움은 그리움이 아닌 아픔이 된다.
그리움이 맑은 그리움이 될 때 우리 그리워하자.

세상에 외롭지 않은 것은 하나도 없다.
이 세상 쓸쓸하지 않은 것은 하나도 없다.
외로움과 쓸쓸함은 언제나 세상 한구석 웅크리고 있다.
외로움이 쓸쓸함을 안고 오면 쓸쓸함 위에
작은 미소 하나 살포시 얹어주자.

우린 혼자이기에 아름답다.
외로워 슬퍼하지 말고 그리워 아파하지 마라.
삶이 무거우면 행복이 가볍고
행복이 무거우면 삶이 가볍다.

웃음을 내가 웃고 네가 웃으면 세상은 밝아진다.
포옹을 내가 안고 네가 안으면 세상은 따뜻해진다.

사랑을 내가 주고 네가 주면 세상은 포근해진다.
욕심을 내가 버리고 네가 버리면 세상은 편안해진다.

문을 닫고 밖을 볼 수 없다.
마음을 닫고 사람을 볼 수 없다.
문 열고 아름다운 풍경을 보라.
마음 열고 사람 사는 세상을 보라.
열면 보인다.
행복이 모두 네 것이다.

세상이 아름다운 건
보이지 않는 곳에서 땀 흘리는
빛이 되는 사람들 때문이다.

눈물 때문에 아픔은 사라지고
눈물 때문에 세월도 견디며
눈물 때문에 사랑도 익어가고
눈물 때문에 삶은 이어진다.

슬픔은 슬픈 대로
보듬어 안고 있게 하라.

쓰다듬는 손끝, 따스한 가슴에
포근히 잠잘 수 있게 하라.

뒤지고 처지고 조금 늦으면 늦은 대로 걸어가라.
세상의 시곗바늘이 쉼 없이 돌아간다고
너 또한 시곗바늘이 되진 말아라.
토끼가 쉬어 가다 거북이한테 진 달리기도 있지만
가끔은 뒤처져 앞서가는 사람 뒷모습도
바라볼 수 있는 여유를 가져라.

빨리 걷다 돌부리에 걸려 넘어지고
천천히 걷다 몰려오는 소낙비에 옷 젖는다.
미래는 파도처럼 밀려오고 현재는 번개처럼 날아가고
과거는 굼벵이처럼 뭉기적댄다.

먼 훗날
기억이 닿는 그곳
흘러간 세월 속 함께한 시간
우린 무엇을 했고, 우린 무엇을 기억할까?
세월에 묻어둔 삶의 흔적들 먼 훗날 무엇으로 남아있을까?

지금
쌓고 있는 추억의 돌담
우리 웃을 수 있는 기억 한 조각 만들고 있는가?
훗날
우리 주워 담을 수 있는 행복 한 조각 쌓고 있는가?

인생의 여행길
마지막 날
우린 행복했었지 그 말 한마디
먼 훗날의 기억 한 조각.

먼 훗날의 기억

ⓒ 장형주, 2023

초판 1쇄 발행 2023년 7월 19일

지은이   장형주
펴낸이   이기봉
편집   좋은땅 편집팀
펴낸곳   도서출판 좋은땅
주소   서울특별시 마포구 양화로12길 26 지월드빌딩 (서교동 395-7)
전화   02)374-8616~7
팩스   02)374-8614
이메일   gworldbook@naver.com
홈페이지   www.g-world.co.kr

ISBN   979-11-388-2112-4 (03810)

- 가격은 뒤표지에 있습니다.
- 이 책은 저작권법에 의하여 보호를 받는 저작물이므로 무단 전재와 복제를 금합니다.
- 파본은 구입하신 서점에서 교환해 드립니다.